LA POLOGNE,

UNE ALLÉGORIE,

L'Espérance.

ESSAI EN VERS

SUR LES MALHEURS D'UN GRAND PEUPLE.

Par T. M.

PRIX : 60 CENTIMES.

PARIS,
GARNIER FRÈRES, LIBRAIRES,
PALAIS ROYAL, PÉRISTYLE MONTPENSIER.

1846.

LA POLOGNE,

UNE ALLÉGORIE,

L'ESPÉRANCE.

—

LA POLOGNE,
UNE ALLÉGORIE,

L'ESPÉRANCE.

ESSAI EN VERS SUR LES MALHEURS D'UN GRAND PEUPLE.

PAR T. M.

PRIX : 60 CENTIMES.

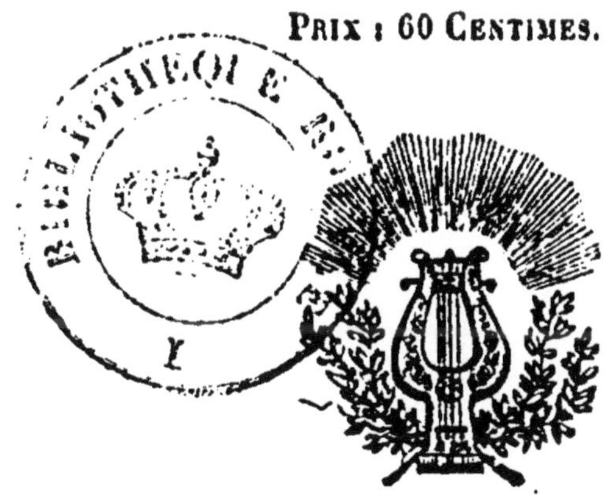

PARIS,

GARNIER FRÈRES, LIBRAIRES,

AU PALAIS ROYAL, PÉRISTYLE MONTPENSIER.

1846.

NOTICE.

Il y a vers quelques 80 ans, il sembla bon à trois
puissances du nord de l'Europe d'en faire dispa-
raître une. Il se trouva que ses dépouilles étaient
à leur bienséance, ils se les partagèrent. Le souve-
rain de cet empire qui s'étend entre la mer Noire
et la mer Baltique en prit sa bonne part ; c'est que
sans doute, il n'était pas le plus faible. Partant
de là, il avait une voix qui pouvait se faire respecter, elle se fit respecter.

Peut-être un remords agita-t-il quelque temps
leur conscience timide, croyons-le pour un moment ; comment otèrent-ils cette épine du fond de

leur cœur? Sans doute à l'aide de ce raisonnement profond. Ils comptèrent leurs capitaines et leurs légions et tout fut dit. Le géographe reçut ordres de tracer quelques lignes sur la carte d'Europe, les douaniers furent transportés quelques lieues plus loin et puis la paix fut faite avec leurs consciences.

Mais parmi ceux qui, sur la terre recherchent la vérité, il est des amateurs de chimères dont nous allons en quelques mots esquisser le portrait. Ils se sont imaginé qu'il y avait dans les nations comme dans les individus, un besoin d'être, de posséder, pour ainsi parler, leur existence ; pour satisfaire à ces besoins l'esclave a mille fois tenté de de rompre ses chaînes, la mort l'anéantissement de l'être tout entier était un péril qu'il affrontait avec courage, l'espérance de reconquérir ses droits lui cachait le danger.

Dans ce système il y avait à craindre que cette nation fût une de celles pour qui la possession de sa nationalité est le premier des besoins, qui veut obéir à ses rois, avoir ses drapeaux, être quelque chose dans le monde : cette difficulté pouvait paraître embarrassante, mais ceux qui avaient résolu le côté moral de la question par un coup d'œil sur

leurs soldats, devaient trouver à la question physique, une solution semblable; se tenir fortement
unis; comprimer de toute leur force ces mouvements qui veulent bondir, telle fut toute leur po-
litique.

Mais il se trouve, (complication fâcheuse des
choses d'ici-bas), une loi physique qui s'applique
ailleurs qu'à la matière; plus la force qui com-
prime un ressort est puissante plus s'accroît la
force de répulsion qu'acquiert le ressort, elle peut
ainsi grandir presque jusqu'à l'infini.

Il en est d'une grande nation, comme d'une
grande âme; après quelques mouvements inutiles
pour rompre ses fers, elle rentre dans le sanctuaire
de sa pensée; elle ordonne à la nature de se taire,
un effrayant silence se forme autour d'elle; elle
semble vaincue, on croirait qu'elle a décidé, résolu
ses bras à porter le poids des chaînes.

Non! sa sombre douleur prépare peu à peu l'é-
lément de l'incendie; bientôt le désespoir prend
naissance, ses conseils s'adressent l'un après l'autre à toutes les parties de la pensée. Il se forme
comme une dilatation infinie de la puissance humaine; sous l'impression de cette force terrible
une poignée d'hommes a vaincu des armées.

Tel est l'homme, qui a le sentiment de sa dignité humaine, qui à la conscience de ses droits, à cette force physique immense, s'ajoute une force de sagesse plus profonde encore, quelques efforts inutiles lui ont donné de sévères leçons, elle devra désormais non renoncer à l'espérance, elle n'y renoncera qu'avec la vie, et une nation ne meurt jamais, mais donner à son espérance de sages conseils.

Une nation dans cet état attire nécessairement sur elle les regards de la terre; les tyrans qui l'oppriment, ont toujours les yeux ouverts; à chaque instant ils supputent le poids de leurs fers. Sont-ils assez pesants pour comprimer ses élans et arrêter tous ses mouvements, la nation de son côté dans un examen sévère compte ses forces, non point les simples forces de la nature, elles seront toujours trop faibles, mais celles quelle espère tirer de l'abîme de son désespoir, en creusant toutes les profondeurs, enfin un moment arrive, chacun de ses enfants est devenu un héros, la tempête se forme au ciel et sous les éclats de son homicide tonnerre, les tyrans disparaissent; le jour renaît plein de splendeur et son drapeau victorieux a flotté dans les airs.

Mais il est une pensée sous l'impression de laquelle, s'accroît la puissance d'un peuple, c'est sa foi, c'est sa croyance religieuse.

Ce fut une belle époque que celle où l'esprit de l'homme crut l'existence des choses invisibles avec une foi aussi parfaite, que celle qui avait pour objet les choses visibles, dont tous ses sens lui assuraient l'existence, où son cœur alla jusqu'à penser qu'il devait aimer d'un amour plus entier ce qu'il ne voyait pas , que ce qu'il voyait , qu'il devait conserver ce trésor invisible qu'il appelait sa foi, avec un courage plus ardent que les trésors visibles que la terre déployait devant lui.

Un temps fut où le courage d'un chrétien consista à se laisser immoler comme un agneau sans défense; un temps vint ensuite où le courage d'un peuple chrétien consista à défendre les armes à la main jusqu'au dernier soupir la foi de ses ancêtres. C'était un patrimoine sacré qu'il avait reçu, le laisser périr entre ses mains était le plus grand crime qu'il pouvait commettre.

L'amour de ses libertés publiques, l'amour de son drapeau national, le dévouement à la foi de ses pères, trois fortes pensées qui ont maintenu et augmenté l'énergie du peuple infortuné pour lequel toutes les âmes sensibles font en un mot des vœux, car ces trois pensées lui constituent des droits, une justice : la violation de ces droits est pour lui la source d'une grande douleur et pour les cœurs sensibles qui entendent ses soupirs l'occasion d'une immense sympathie. *Justice, sympathie* nous devons à ces mots quelques développements.

L'homme passe par la vie; dans son passage instantané, Dieu qui veut la conservation de ce qu'il a créé donne un peu de matière à ce qui est matière, sans quoi l'homme périrait avant d'avoir achevé son passage : l'homme s'attache à cette matière, c'est sa vie apparente, c'est la source de tout le bien-être dont son corps peut jouir. Considéré seul, lui ravir cette matière, c'est le blesser dans la seconde de ses affections, (car la première appartient à l'être suprême), le cœur en recevant cette plaie conçoit une douleur profonde, car il est blessé; cette douleur est rationnelle et sainte , car l'homme est dépouillé des dons qu'il a reçus; cette douleur se manifeste par des plaintes, car elle est vive; ces plaintes sont entendues, voilà la sympathie; l'homme souvent fait des efforts pour reconquérir ce qui lui a été donné, ces efforts tendent à le remettre dans la position dans laquelle Dieu lui-même l'avait placé; ils sont donc conformes aux règles de la justice éternelle, ils sont donc aimés du ciel.

Mais Dieu aussi réunit entre le vaste fleuve et la haute montagne un nombre quelquefois fort grand d'individus, il leur donne un immense pays à posséder en commun, des droits sacrés à défendre, et quelquefois le plus sacré de tous le don de la vraie foi à conserver.

Respecter ces droits est pour eux la justice, leur violation le juste motif d'une grande douleur, et les efforts qu'ils feront pour la réparer l'occasion d'une grande sympathie.

Sympathie, ce mot est saint, c'est une douleur qui se partage, c'est un hommage que toutes les âmes droites rendent à la justice universelle violée dans une de ces applications; crime immense quand tout un peuple est blessé. Mais ce mot n'est saint que parce qu'il est réellement en dehors des choses visibles; un maître invisible qui le gouverne par des lois toutes ordonnées au bonheur de l'homme.

C'est ainsi que cet élan de l'âme qui compatit aux douleurs d'autrui, qui sent les injustices dont il est la victime est un acte de foi à l'Être-Suprême.

Chose étrange, il ne semble pas que sans cette foi sublime l'homme puisse s'apercevoir qu'il existe autre chose dans le monde que lui-même. Une cruelle expérience ne le prouve que trop; plus cette foi s'affaiblit, plus l'homme s'isole, plus sa pensée se concentre, il ne voit plus que lui-même, il ne sent plus que lui-même, et de lui-même il ne connaît que ce qui se voit, ce qui se pèse, ce qui se mesure.

Son âme, avide de ces jouissances qui sont le bonheur de la vie, semble vouloir épuiser, seule, tous les biens préparés à l'humanité entière : est-il même très certain qu'il ne se rencontrera jamais que la terre se trouvera trop petite pour assouvir les vastes appétits d'un seul; et pour peu que sa passion devienne plus ardente, il sera par sa pensée à la terre, ce qu'est aux habitants de l'air, leur terrible tyran; que ses vœux que manifestent ses ailes étendues, ses serres ouvertes, soient satisfaits; bientôt les airs seront dépeuplés et cette douce parole de vie qui animait le bocage, s'éteindra à jamais.

Il faut donc Dieu, Dieu tout entier pour mettre l'amour dans la pensée humaine, et surtout pour donner à cet amour l'extension qu'il peut obtenir.

Sans cela on ne voit qu'un peu de matière qui s'a-
gite, saisit et dévore avec une volupté immense
l'existence qu'elle a reçue.

Toute vraie sympathie s'appuie donc sur la divinité. Il semble donc impossible, qu'une nation
chez laquelle toute notion de la divinité serait
éteinte, puisse ressentir une vraie sympathie pour
les souffrances d'une nation voisine, à moins
qu'il ne s'agisse de ces sympathies fausses, de
la sympathie destructive qui unit le crime au
crime ; encore même le plus souvent lorsqu'il ressent ces sympathies ; le cœur humain en embras-
sant le faux, croit voir et sentir le vrai.

Si donc le clergé français a ouvert son cœur à
la douleur, c'est qu'il a vu de grandes infortunes,
des injustices immenses commises, de grands droits
en péril ; c'est qu'il a vu les passions humaines vio-
ler les droits que le ciel avait établis.

Mais s'il a senti ses sympathies se développer,
si profondément, c'est qu'au fond de son cœur
habite une foi réelle, en un Dieu, en une justice,
en une *vérité*.

Vérité, mot profond à jamais indéfinissable,
mot dont le cœur a besoin et que l'esprit ne peut
connaître ; il est la base de la société, car il est la

dernière raison de la vertu. Le christianisme considéré, sous un point de vue général, admet cette proposition :

« Il y a quelque chose de vrai. »

Et c'est par ce qu'il l'admet, que l'amour qui fait aimer le bien, que la crainte qui éloigne du mal, lui a amené, de toutes les parties du monde, des multitudes d'enfants qui sont venus se réfugier sous les tentes que ses premiers pères avaient élevées au milieu des déserts immenses d'où le vice avait banni les vertus. Aussi, ses docteurs prononcent-ils le mot *vérité* avec une conviction profonde, et lorsqu'ils font entendre ces paroles qui sont utiles aux peuples, ils sont convaincus qu'elles ne sont utiles que parce qu'elles sont vraies ; et c'est par cette foi que leur pensée s'est quelquefois élevée à de si grandes hauteurs et a ressenti de si profondes sympathies. En dehors de son culte cle que voyons-nous ?

Ils ont longtemps médité, ils ont creusé tous les abimes de la pensée ; ils ont trouvé le mot *utile*, ils n'ont pas trouvé le mot *vrai*. Les peuples, pour former leurs mœurs, attendaient le résultat de leurs méditations ; pour satisfaire à ses désirs empressés ils lui ont jeté quelques dogmes

utiles, une religion *utile*. Et pendant qu'il sa‑
vourait avec délice ce qu'il avait reçu comme une
vérité, eux qui savaient n'avoir trouvé que le
néant, pressaient sur leur poitrine le cadavre de
la mort et tâchaient envain de lui demander quel‑
que chaleur; mais le néant ne possède point la
vie, la mort ne possède point la chaleur. Aussi,
sommes‑nous convaincus qu'aucun amour, qu'au‑
cune sympathie ne peut jaillir que du fond d'une
foi certaine en une vérité quelconque, et la vé‑
rité substantielle est Dieu lui‑même. Et si notre
France moderne ressent encore une si forte sym‑
pathie à la vue du malheur d'une grande nation,
à la vue des injustices dont un peuple vertueux est
la victime, c'est que, quoiqu'elle en dise, quelque‑
fois elle croit encore le dissimuler à la justice, à la
vérité. C'est un feu qui l'embrase et qui la con‑
sume malgré elle.

Terminons cette notice par une observation.

Ce n'est pas précisément avec une nation qui se
révolte contre une autorité légitime que la France
chrétienne verse des larmes. Ils sont immenses les
droits qu'a un peuple à la conservation de son
existence, mais elles sont sacrées aussi les lois
qu'imposent les traités solennellement jurés; nous

ne prenons pas parti dans une question qui dépasse nos forces. Seulement disons si ces peuples malheureux ont péché contre la loi d'une rigoureuse justice, ils sont aumoins dignes de compassion. Mais si les traités solennellement jurés doivent être respectés, les droits des nations doivent l'être plus sévèrement encore.

Est-il permis à quelques rois, pour établir entre eux un juste équilibre, de partager une nation en lambeaux afin de remettre une convenable proportion, entre leur force? Les peuples du Nord ont répondu affirmativement, mais en France on ne paraît pas croire que tel droit existe sur la terre. On ne donne point aux rois que la victoire a servis un instant un tel droit de vie et de mort.

Mais quoi qu'il en soit du droit en lui-même, ramener au milieu du dix-neuvième siècle, les fureurs du seizième, armer les pauvres contre les riches, c'est certainement la pensée la plus souverainement révolutionnaire, la plus destructive qui puisse être conçue.

De pareils forfaits qui s'accomplissent impunément dans une partie du monde, répétés par les échos, parcourent en un moment tous les empires.

Une hideuse espérance se forme dans les derniers rangs de la société ; encore un moment, la terre s'agitera sur sa base et on verra osciller les pôles du monde.

Pour redire nos pensées nous avons formé une allégorie. Nous ne sommes pas né poëte ; aussi n'avons-nous pas toujours exactement observé quelques-unes des règles positives de la versification ; mais pour soulager l'émotion que de tels forfaits ont fait naître en nous, force nous a été de prendre la plume et d'écrire.

FIN DE LA NOTICE.

ALLÉGORIE.

UN JEUNE FAUNE.

O mon père, ô mon père ! ! !

Une fille des Dieux était pourtant sa mère...
Ses traits décolorés, son corps pâle et tremblant
Tout annonce la mort ; de crainte palpitant
Le roi de ces vallons, Faune aux mœurs innocentes
Promène sur son front ses deux mains caressantes.

Il était au bocage à l'ombre d'un ormeau,
Son cœur bénit le ciel et bientôt un rameau
Appelle les zéphirs autour de ses paupières,
Ses lèvres multiplient les plus tendres prières,
Dieux je vous en conjure, conservez-moi ses jours,
C'est le plus digne objet de mes chastes amours.

Enfin ses yeux s'entrouvent, sa lèvre pâlissante
Fait entendre avec peine cette parole mourante :

O mon père ô mon père, mon père est-il des dieux ?

Mon fils, s'il est des dieux ; et pourquoi la nature
Fait-elle entendre une voix si sublime et si pure ?
Et d'où vient ce soleil et ses feux éclatants ?
Pourquoi dans ces bocages ces doux gémissements ?

O mon père ! ô mon père ! mon père est-il des dieux ?

J'ai vu les eaux en sang, j'ai entendu la plainte
De la patrie en larmes, elle pleurait ses enfants ;
De ses fils égorgés, elle disait les malheurs.
Que fait le roi des dieux en haut de son olympe ?
Dort-il ? voit-il ? sait-il ? connaît-il ces horreurs ?

Ou bien admire-t-il ces spectacles sanglants?
O mon père! ô mon père ! mon père est-il des dieux ?

Epuisé, il s'arrête, les sources de la vie
Vont se tarir encore ; l'amour qui vivifie
Va céder à la mort.

                    Raconte-moi, mon fils,
Pourquoi tant de douleur? qui à tes sens surpris
A paru si terrible : parle, parle à ton père.
Aurais-tu vu, mon fils, les crimes de la terre ?
Aurais-tu, imprudent, oublié tes ruisseaux ,
Tes fleurs et tes prairies, tes arbres et tes oiseaux?

Il est vrai, ô mon père, quelque génie funeste
Sans doute, m'a trompé ; la clarté céleste
Commençait à paraître, j'errais parmi nos bois,
J'entends des bruits confus, de gémissantes voix,
C'étaient les cris mourants des victimes immolées ;
Leurs larmes ébranlaient les oiseaux effrayés.
Assailli à l'instant de tristes rêveries
Je vole vers les cris, nos riantes prairies
Disparaissent à mes yeux, bientôt mes pas rapides
Ont touché les confins des campages fertiles.

Fertiles!! de Cérès les enfants monstrueux
Erraient parmi les champs informes, pâles, hideux,
Effrayé j'allais fuir, j'aperçois la Patrie,
Elle me reconnaît... D'une parole amie :

O dieux ! qu'aperçois-je, jeune Faune est-ce toi ?
C'est toi, tu peux oser paraître devant moi.
Du ruisseau, le murmure, et puis un doux ramage
Sont les nobles pensées, sont la joie de ton âge,
Comment, tu abandonnes l'innocence et les eaux
Pour venir en ces lieux être témoin de nos maux.
C'est toi! Au sein des bois, sous une grotte obscure,
Savourer à longs traits les dons de la nature,
Voilà, crois-en ma voix, les plus nobles plaisirs,
Voilà ce que réserve, à tes simples désirs
Celui qui te forma; coule des jours tranquilles
Au milieu des forêts, le long des eaux mobiles,
Promène sur leurs bords, dans les obscurs sentiers
Ta course solitaire, mère des doux pensers;
Et jamais! jeune Faune, que ta vue m'est cruelle,
Un cœur que rien ne trouble, une joie éternelle
Est ton heureux partage, le roi des immortels,
Des dons qu'offre la joie a couvert tes autels.
Et moi... des flots de sang, mes enfants égorgés,

Voilà le seul tableau, qu'à mes yeux effrayés
Offre la terre entière ; partout la mort sanglante
Indique en longs sillons sa trace dégoûtante;
Et toi tu es heureux, mais la vue de ta joie
Irrite tous mes sens, à cent douleurs en proie.
Fuis, épargne ma douleur, ton regard innocent
Allume dans mes veines l'ardeur d'un feu brûlant.
Elle dit. A l'instant sa course impétueuse
A franchi les espaces, ma voix impérieuse
Retentit dans les airs, ô Dieu de vérité,
Tu inspiras mon âme ; la céleste clarté
Avait lui à mes yeux ; je désirais connaître
Ce qu'était la douleur, je parlai comme un maître.
Enfin elle obéit à mes ardents désirs,
De ses yeux enflammés, malgré ses longs soupirs,
Jaillit un feu sublime : Enfant de l'innocence
Si tu la connaissais, quelle terrible science
Tu désires connaître ! Que tes chastes pensers
Ne goûtent que la joie; offre de doux baisers
A la fleur odorante, la gloire de la prairie;
Qu'ainsi toujours heureux, s'écoule ta douce vie.
Quoi, tu voudrais connaître la déplorable histoire
De mes fils bien-aimés, confier à ta mémoire.
De cruels souvenirs; je jetterais dans ton cœur
Une science cruelle, la science du malheur.
J'affligerais ton âme, non, laisse-moi mes peines,

Que des dieux immortels, doucement dans tes veines
Coule le sang précieux. Si je t'obéissais ,
Loin de tes paupières, s'enfuirait à jamais
Ce qui rendit heureux les jours de ton enfance,
Le paisible sommeil, ami de l'innocence.
Peut-être même, effrayé de ces détails affreux,
Tu me précipiterais au séjour ténébreux.
Elle se tait un instant ; continuer ce silence
Eut été pour mon cœur la plus cruelle offense,
En mon sein frémissaient des désirs violents
De voir et de connaître ; pour finir mes tourments
Elle obéit enfin et cède à ma prière.
Recueillant ses pensées : D'une parole austère,

Je vais donc raconter les crimes, les attentats
Qui, en ces jours affreux , ont souillé ces climats.
Je vais donc retracer les pensées homicides
Qui ont peuplé la terre d'infâmes parricides.
Exposer à tes yeux mes malheureux enfants,
Du crime armé des lois sous les coups expirants
Que les temps sont changés ; ô regrets inutiles !
Le bonheur s'est enfui, les campagnes et les villes
Frémissent de terreur. Dans les rues désolées
De rares habitants, timides et consternés,

Promènent çà et là leurs courses vagabondes·
Te bénirai-je encore auguste roi des mondes ?
Moi je te bénirai, mais comment te bénir,
Vois le glaive et la mort en tout sens parcourir
Les cités et les campagnes, la perfide chaumière
Vomit des essassins, ma nation tout entière
Est inondée de sang. L'épouse vénérée
Va mourir dans les bras d'une mère adorée.
J'ai vu tomber sanglante, aux genoux de sa mère,
La pudeur en alarme, sur ce sein tutélaire
Elle cherchait un refuge. Ah! les noires pensées,
Les crimes, par sa mort, n'étaient pas épuisés.
Une parole tomba de sa lèvre mourante,
Ce qui subsiste encore de ta fille expirante.
Sauve-le, ma bonne mère!!! ô cruel souvenir,
Puis-je espérer du moins un meilleur avenir,
Les généreux auteurs de mon antique gloire,
Vieillards à cheveux blancs et ceux que la victoire
Appelle sous ses drapeaux, frappés des mêmes coups
Périssaient confondus. La mort planait sur tous.
Amis de la sagesse, vous dont les mains habiles
Vivifient l'espérance, vous fûtes les victimes
Que choisissait le crime; la sublime vertu,
La hauteur du courage ont toujours apparu
Aux tyrans de la terre dont les sanglantes armes
Forcent tant de patries de répandre des larmes.

O barbares pensées ! Comme un objet hideux,
La science et la vertu épouvantent leurs yeux.
Le fils est massacré dans les bras de son père,
La fille est immolée sur le sein de sa mère.
Sur le parvis sacré où nous prions les dieux
Le sang coule à torrents. Loin de ces tristes lieux,
Cachés au fond des bois, ils ont vu des peuplades,
O souveraine horreur, Ils ont dit Cannibales.
Le sang de leurs semblables, leurs membres palpitants
Assouvissaient leur faim et leurs désirs sanglants ;
Ils chantaient les combats, de cruelles sagaies
S'agitaient dans les airs ; l'horreur des vastes plaies
De leurs tristes victimes, recréaient leurs regards.
Mais ici, en ces lieux, en ce séjour des arts !
O ciel ! ô confusion, tous mes sens altérés
Refusent des paroles à mes lèvres glacées.
J'ai vu le crime affreux se jouer avec la mort,
Les bras souillés de sang, il bénissait le sort,
Il disait ses forfaits et sa voix meurtrière
De chants épouvantables faisait trembler la terre.
Vois ces longs tourbillons s'élever dans les airs,
Vois les flammes en jaillir en terribles éclairs.
Pour arrêter du crime la dévorante ivresse,
La vertu, la candeur de l'aimable jeunesse,
Ont été impuissantes. A quels cruels destins
Le ciel abandonne-t-il les malheureux humains,

Du bonheur enivrant que produit la puissance
Des joies enchanteresses, fille de l'opulence,
Tu es précipitée dans les brasiers ardents,
Débris de ton palais; tes membres palpitants,
Comme de vils débris nourrissent l'incendie;
Voilà, telle est du crime la noire frénésie.
Entends leurs cris de joie, leurs cantiques immondes
Le sang plaît à leurs yeux, ainsi que dans les ondes;
Ils s'y plongent entiers, la joie récrée leurs cœurs,
Qui pourrait sans frémir contempler ces horreurs.
Mais écoute, mon fils, un récit trop fidèle,
Apprends d'un bon vieillard la destinée cruelle.

Les siècles l'avaient vue sur les bords du ruisseau,
Dont l'onde limpide arrosait du hameau
Les prairies et les champs. Demeure majestueuse
Où depuis des années, une famille pieuse
Vivait dans la vertu; ses célèbres aïeux
Toujours dignes d'eux-mêmes remontaient jusqu'aux cieux;
Chef de cette famille, de ses enfants le père,
Là vivait un vieillard; son front, noble et sévère,
Annonçait la vertu... Quel crime a-t il commis?
J'entendais des clameures... Quels forfaits inouïs
Ont souillé ce palais, asile de l'innocence ?

La vieillesse, âge mur et la plus tendre enfance
Tout était vertueux... Tous mes sens étonnés
Entendent des cris de mort, de crimes affamés
Du palais du vieillard, des hordes d'assassins,
Franchissent les degrés. Ciel ! quel cruels destins !
Et tu veux la vertu... Ils errent dans les ombres
De ces longs corridors, de leurs regards sombres,
Ils cherchent leur victime; leurs vœux sont accomplis,
Un Vieillard se présente... Eh bien, mes chers amis,
Je vous fus un bon père, et je le suis encor,
Dit-il, que cherchez-vous? vous cherchez mon trésor
Le voilà. Meurs... mon crime! Mes enfants, dites
Tu as espéré, meure, l'espérance est ton crime.
Déjà ils s'élançaient, dans leurs mains le poignard
Etincelait menaçant. Un tendre et doux regard
A brillé dans ses yeux, cette douce parole
S'échappe de ses lèvres, par les airs elle s'envole,
Sera-t-elle entendue? Enfants, mes chers enfants
Vous que j'aimai toujours, depuis mes premiers ans;
Je méprisai l'orgueil de ma haute naissance,
Je partageai les jeux de votre première enfance.
D'autres temps arrivés, au milieu des combats
Vingt fois pour vous défendre j'affrontai le trépas,
Et vous m'assassinez... Vos épouses et vos filles
Peuvent-elles me haïr? Vos campagnes fertiles
N'ont pas caché mes crimes; mes innocents plaisirs

Les avez-vous payés d'un seul de vos soupirs ?
Il dit, et un silence et morme et stupide
A saisi à l'instant la cohorte imbécille.
L'effroi des vastes plaines, le tigre d'Hircanie
Et ces hommes farouches qui de la Germanie
Infestent les forêts, eussent senti leurs cœurs
Touchés et ébranlés par de si grands malheurs.
Le dur tyran des airs, aux regards sanguinaires
Eut amolli son âme, eut reployé ses serres ;
Et la douce colombe, en bénissant les dieux,
Eut achevé en paix sa course par les cieux,
Ces rocs informes, hideux, qui de l'altier Caucase
Hérissent tous les flancs, eussent frémi sur leur base
Et des monts innombrables, les échos adoucis
Eussent versé des larmes pour le juste soumis.
Ils sont inébranlables, pour achever la fête,
La couronne du crime doit briller sur leur tête.
Toujours tu nous aimas, n'importe il faut mourir,
Tu as trop espéré, vieillard, il faut périr.

Sans doute, mon enfant, cet excès de colère
Fait naître dans ton cœur une pensée amère.
Comment l'homme peut-il devenir si méchant,
N'est-il pas le chef-d'œuvre des mains du Tout-Puissant ?

Sans doute, sa vertu a été pervertie
Par un mauvais démon, dieu de la noire envie.

Tu dis vrai, mon enfant, prépare donc ton cœur
A entendre l'histoire d'un immense malheur.

Au centre des abîmes est une région affreuse
Du génie destructeur, demeure ténébreuse.
C'est là que loin du jour, le roi des noirs forfaits
Insulte aux malheureux que sa fureur a faits.
Sa cruelle pensée déteste la lumière,
Les siècles commençaient, il apprend que la terre
Bénissait avec joie la lumière et les feux
De l'astre flamboyant qui régnait dans les cieux.
Vois-le déjà trembler au fond du sombre Erèbre,
Vois son cœur combiner quelque complot célèbre,
Il sait qu'un envoyé du roi des immortels
Viendrait parmi les hommes élever des autels,
Asile préparé à la vertu souffrante,
Il le sait et il frémit, la pensée vivifiante
Qui apprend aux humains le bonheur et l'amour
Est l'effroi perpétuel de son horrible cour.

Détester la vertu, abhorrer la lumière,
Est l'unique bonheur de sa pensée entière,
Errer de haine en haine dans un cercle sans fin
Est l'unique travail du premier assassin
Qui sera l'homicide. Sa rage est à son comble.
Sa fureur a juré la corruption du monde,
Des profondeurs lointaines de son obscur séjour
Il a lancé son vol vers les régions du jour.
Il dévore les espaces d'une course infinie;
Enfin il est content, les régions de la vie
S'ouvrent devant lui. Quelle douce jouissance !
Il va donc signaler sa suprême puissance.
Pour éteindre du soleil la dernière splendeur,
Il exhale de son sein une noire vapeur;
Mais surtout, et c'est là son plus horrible crime,
L'homme et ses vertus, doivent être sa victime.
Au milieu de sa vie il a vomi la mort,
Il tressaille d'avance du déplorable sort
Qui lui est réservé, par sa seule présence,
Par son souffle infernal il a de l'innocence,
Détruit tous les penchants: les plus noirs attentats,
Pour ses goûts pervertis purent avoir des appas.
Il put dormir en paix, en rêvant les supplices,
Il put être heureux, jouissant avec délices
Du spectacle sanglant des victimes entassées
Du juste et du faible par l'audace immolés.

Faune, aux mœurs innocentes, doux habitants des bois
Pardonne à ma douleur la tristesse de ma voix,
Ecoute, je finis la plus cruelle histoire
Qui, des fastes humains, puisse souiller la gloire.

Ils sont donc insensibles, par la main des bourreaux,
Le juste va périr ; les plus nobles travaux,
Tant de longues années en bienfaits si fertiles,
Pour conjurer leur rage ont été inutiles.
Ah ! du moins, s'écrie-t-il, que, de nos saints autels
Le ministre sacré, qui, aux jours solennels,
Immole la victime ; enfants, je vous en conjure,
Cédez à ma prière, elle est juste, elle est pure ;
Il est pieux, il est bon, le plus vrai des amis,
De le voir un instant, puisse-t-il m'être permis !
Souvent dans mes malheurs il consola ma peine,
Il bénit mes enfants, il me bénit moi-même.
En ce cruel moment qu'il me bénisse encor
Par ce léger bienfait adoucissez mon sort.
Qu'il meure, il nous suffit. Ce dernier anathème
Du juste infortuné devient l'arrêt suprême ;
Cependant de leurs mains le fer s'est échappé,
De ces dures assassins le cœur fut-il touché ?
Sans doute du très haut des tonnerres invisibles

Font trembler forcément les cœurs insensibles.
Du juste aux abois la gémissante voix
Peut-elle de la pitié, pour la dernière fois,
Implorer le secours et être méprisée,
Mais la vertu du ciel est la fille bien-aimée.
Cependant ils ont dit le juste doit périr,
Que le prêtre se hâte, qu'il vienne te bénir.
A l'instant, des bourreaux la horde se partage,
Ceux-ci, de leur colère, ont pu rompre la rage :
Ils veillent à la victime, ceux là, travers les rues,
Vers la maison sacrée courent et volent éperdus:
Ils arrivent ; le prêtre voit briller dans leurs yeux,
La fureur de la mort, il regarde les cieux.
Son cœur prie, il invoque cette douce puissance
Qui réjouit et console, ah! si sa présence
D'une mort cruelle adoucissait l'horreur',
D'une digne famille consolait la douleur,
Il les suit, il arrive. C'est le léger zéphire
Qui ramène au bonheur la vertu qui soupire,
Que la vue d'un pontife qui, du siècle futur,
Apporte l'espérance, à tout cœur noble et pur.
Le vieillard l'aperçoit, il s'écrie, ah! mon père,
Bénissez votre enfant, je voudrais, de la terre,
M'envoler dans la paix. Le pontife, à l'instant,
Jette sur la victime un regard consolant,
Sa main s'est étendue : allez, âme fidelle

Au séjour bienheureux , l'Elisée vous appelle
Allez errer en paix sous ses ombrages frais,
Vous qui de la vertu connûtes les attraits,
Allez, je vous bénis. Ces paroles touchantes,
Elles eussent amollit des âmes compatissantes.

Au moins lorsqu'à l'autel la victime couronnée
Par les mains du grand-prêtre, aux dieux est immolée
Elle tombe avec gloire sous la hache fatale;
Mais ici d'assassins, une horde brutale
Précipite confuse ses attaques et ses coups.
Tel on voit quelquefois une bande de loups
Haletants, dévorants, la terreur des prairies,
Déchirer en fureur le roi des bergeries.

Jeune habitant des bois du narré de nos maux ,
Je ne pourrais que trop assombrir les tableaux,
D'où venaient ces brigands? est-ce des noirs repaires
Où sous de lourds verroux des âmes sanguinaires,
L'horreur de nos campagnes , l'effroi de nos cités,
Subissent la juste peine de mille cruautés?
A la vue de ces monstres j'adoucirais ma plainte,
Mais que sous ces habits est-ce là que de la crainte
Sont les ministres affreux. Elle dit et puis les pleurs
De ses fils malheureux racontaient les douleurs.

J'écoutais en silence, et mon âme éperdue,
Troublée, épouvantée, du soleil dans la nue,
Méconnaissait la gloire, le soufle du zéphir,
A mes sens effrayés, apportait un soupir.
Malgré un ciel brillant et la douce rosée,
Partout je revoyais la patrie désolée.
De la tendre colombe, les doux gémissements
Disaient à mes oreilles d'horribles sifflements.
O mon père, crois-moi, non jamais cette histoire
Ne sera par le temps chassée de ma mémoire.
J'errais parmi les champs, et portais çà et là
Des pas mal assurés. Puis tout à coup voilà...
Devant moi apparaît... C'était bien elle-même,
Du crime qui détruit, le cruel anathème
L'avait atteinte; c'était la reine des moissons,
Cette mère fidèle dont les utiles leçons
Ouvrirent les trésors de la riche nature
Aux humains qui vivaient d'une vile pâture.
Aussi aux jours de fêtes, de vertueux mortels,
Des dons de l'innocence ornent-ils ses autels.
Les ris et la gaîté, la longue chevelure
De sa noble beauté sont l'unique parure.
Sa simple majesté inspire le respect;
Elle n'était plus la même, je fuis à son aspect ;
Je fuyais, des dieux mêmes les majestueux visages,
Des cruelles douleurs endurent les outrages,

Tu fuis, tu fuis, mon frère, ne suis-je pas ta sœur,
Laisse-moi dans ton sein déposer ma douleur.
Tu le sais, tu le vois, cet horrible ravage
Des méchants en ces lieux indique le passage.
Peut-être, tu l'espères, ces farouches assassins
Aux forfaits en ce jour n'ont point formé leurs mains,
De leur sombre prison, ils ont brisé les portes
Et puis, pour massacrer, ont formé des cohortes.
Ah, ciel! s'il était vrai! Mais ce sont mes enfants,
Dont les nobles travaux fertilisaient ces champs.
Mais ce sont mes enfants! A ces mots, éplorée,
Elle ramène autour d'elle une vue consternée.
Ils sont encore armés. Enfants, où allez vous?
Où tend votre fureur, où portez-vous vos coups?
Je vois des yeux hagards, une marche furieuse,
J'entends des cris confus; une voix orgueilleuse
Veut une récompense; ô soleil! je croyais
Qu'enfin tu étais las d'éclairer des forfaits.
Dieux! quelle est du crime la joie enchanteresse,
Entends de mes enfants l'épouvantable ivresse,
Ils demandent de l'or, leurs crimes sont commis,
Après tout, ils demandent ce qui leur fut promis.
Dans mes vœux impatients solliciterai-je encore
La rosée, la fraîcheur de brillante aurore?
Demanderais-je au midi sa lumière et ses feux,
A la nuit sa fraîcheur. Non, je dirai aux cieux :

De vos astres brillants, éteignez la lumière,
Laissez dans les ténèbres la terre tout entière.
Elle est souillée de crimes, pour pourvoir aux besoins
De fils dénaturés, moi j'emploirais mes soins.
Quoi! je préparerais la joie de la vendange
A des enfants ingrats tout immondes de fange :
Mais ils ont dépassé du crime les leçons
Et je leur murirais d'abondantes moisssons...
O conseil ténébreux, ô sagesse infernale
Au bonheur des humains combinaison fatale.
Ministres criminels, vos imprudentes mains,
Que de maux, de frayeurs elles annoncent aux humains.
Vous avez soulevé les fils contre les pères,
Vous avez du respect renversé les barrières.
Ils marchent, ils courent, ils volent, rendez-moi mes enfants,
Rendez les-moi bons, doux, heureux et bienfaisants,
Ils ont goûté du crime l'amorce ensanglantée,
Vos mains leur ont offert la coupe empoisonnée ;
Ils ne savaient qu'aimer travailler, obéir,
Ils avaient de bons pères, pouvaient-ils les haïr,
Par de constants travaux, de la terre fertile
Ils ouvraient les entrailles : le glaive parricide
Brille dans leurs mains, ils ont perdu la paix,
Apaisez la tempête, le pourrez-vous? Jamais.
Le sang a trop coulé, la plaie est trop cruelle,
Il le faut, la mémoire en sera éternelle.

O bonne et douce paix, reviendras-tu encor?
O toi de mes enfants le plus précieux trésor !

Elle dit, et ses soupirs appelaient l'espérance,
Inutiles désirs... Une sombre défiance
L'absorbait tout entière. Tous les échos confus
Disaient mort et douleur à ses sens éperdus.
Va maintenant, mon frère, promener tes rêveries
Egayées par les chants de tes nymphes chéries,
Va sous tes doux ombrages le long de tes ruisseaux,
Je veux déplorer seule la grandeur de nos maux.
J'obéis à sa voix, ma démarche tremblante
Indiquait de mon âme l'émotion palpitante.

Non loin de nos bosquets, descendant des cités,
Coulait d'un vaste fleuve les eaux ensanglantées,
Mes yeux l'avaient vu, dans des temps plus prospères
Promenant lentement de ses ondes austères
Les pacifiques flots ; et de sang et de feux
Le mélange confus se déroule à mes yeux.
Tout-à-coup j'apperçois l'auguste reine du fleuve,
Non telle qu'autrefois, désolée, triste et seule,
Elle avait de la joie quitté les ornements,
De la sombre douleur repris les vêtements.

Ses nymphes avaient fui, la gloire de sa tête,
Ses cheveux négligés annonçaient la tempête,
Ils pendaient tristement. Je la considérais,
Je m'approche et j'entends une voix que j'aimais.
La juste indignation qui dévorait son âme,
D'une colère ardente faisait jaillir la flamme.

Les princes de ce monde, les fils de Jupiter,
Ont-ils donc consulté l'oracle de l'enfer.
Ils ont saisi leur sceptre et leur parole impie
A commandé le meurtre, ordonné l'incendie,
Prescrit la destruction. Des cohortes affreuses,
Formées sous leurs auspices, légions ténébreuses,
Ont parcouru le monde ; vois mon onde noircie,
Mes flots ensanglantés, ma splendeur obscurcie.
Toi, cristal de mes eaux qui, d'un ciel brillant
Redisais la splendeur, à l'astre étincelant
Que pourras-tu offrir, miroir toujours fidèle,
Tu redisais l'éclat dont son disque étincèle,
Et voilà qu'aujourd'hui, et de sang et de feux,
Un horrible mélange, dans mon lit sinueux,
A l'œil épouvanté, offre... tableaux terribles !
Des ministres de morts les nombreuses victimes,
Errent parmi mes flots, vois du haut des nues.

De sang et de fumée, les débris confondus.
O soleil éclatant! en vain loin de mes rives,
En vain loin de la mort, quelques ondes limpides,
Au sein d'une vaste paix, croient pour longtemps en
De la clarté des eaux conserver le trésor.
Inutile espérance, les pensées homicides
Vivent au sein des âmes, de sang les cœurs avides
Ont horreur de la vie; de mes profondes eaux,
Pour cacher leurs victimes, ils ont fait des tombeaux
En vain ma main fidèle et mon urne limpide
Arrose de douces eaux, la campagne fertile.
Du sein de la prairie, les abîmes étonnés
Reçoivent des eaux immondes de cent crimes souillés

Au cœur de mes pensées appellerai-je l'espérance?
Ah ! s'il était permis ! Ciel prends-tu la défense
De celui qui t'invoque. Jeune habitant des bois,
Que de cruels cœurs parmi ceux qui sont rois.

Elle dit, se jette dans l'onde qui bouillonne,
Pour moi, saisi d'horreur, je tremble, je frissonne,
Je m'enfuis loin du fleuve où m'emportent mes pas,
Un destin qui m'aimait m'a jeté dans vos bras.

FIN DE L'ALLÉGORIE.

L'Espérance.

Nous venons de conter d'un peuple généreux
La trop lugubre histoire; par sa vertu fameux,
Le pur sang des héros circulait dans ses veines,
Et maintenant il boit, de la coupe de peines
Les traits les plus amères; il combattit pour nous,
Pour nous il triompha, il périt sous les coups
De princes ambitieux. Pour embellir leur trône,
Il fallait ses débris (de l'un à l'autre pôle,
Que n'envoient-ils leur sceptre à toutes les nations,
Que de la vaste terre occupent les régions).
A un peuple qu'il aime, ses yeux chargés de larmes
Racontent tous les jours ses cruelles alarmes.
Réponds, France, c'est toi.

            O ma nation chérie,
O toi que je vénère, quelque espérance de vie
Luit-elle encore pour toi? Oui, ma Pologne, espère;
Chacun de mes enfants est encore ton père.
4.

Ami de la vertu , connu de la douleur ,
Mon prince, tous les jours travaille à ton bonheur.
Enfants de ma Pologne, vos mains toujours si belles
Portent en frémissant des chaînes bien cruelles.
Chassez de vos pensées le sombre désespoir ,
Vos aïeux sont trop grands, vous ne sauriez déchoir
Mes chers enfants connaissent, d'une amitié fidelle,
Les nobles obligations ; leur pensée continuelle
Veille à votre bonheur. Vois briller dans les airs
L'astre de tes destins ; en vain ses vifs éclairs
Disparaissent un instant sous la nue assombrie,
Ils brilleront encore. Enfants de la patrie,
De la douce espérance, rallumez les flambeaux
Trop longtemps obscurcis , et consolez vos maux ;
Chassez le désespoir, et pleins de confiance
En vos nobles destins, souriez à l'espérance.
Vos immenses infortunes ont touché tous les cœurs,
Tous jurent de vous venger, d'adoucir vos malheurs.
Guerriers et citoyens, rois, illustres pontifes,
Frappés de vos malheurs sont à vos vœux propices.
Ecoute une voix sincère, oui, Pologne, tu le peux,
Forme dans ta prière de légitimes vœux.
Prière... ce nom sacré, si doux aux âmes pures,
Si méprisé naguère par des hommes parjures,
Tu nous le rends saint, les ministres des rois
L'ont dit avec honneur dans le temple des lois.

Honneur à la vertu, honneur à l'éloquence
Qui a su l'inspirer aux sources de la science,
Prière... Ta sainte foi, héritage transmis
Par cent pères pieux à de vertueux fils,
Est ton plus cher trésor, ton plus noble héritage,
Conserve-le fidèle, garde-le d'âge en âge.
Sais-tu qu'aux temps anciens, d'orgueilleux empereurs
Virent renverser par elle malgré mille fureurs,
De leur trône usurpé, l'éternelle puissance.
Elle est toujours la même telle qu'à sa naissance,
L'homme devint un dieu, alors qu'au fond du cœur
Une voix lui parla et lui dit sa grandeur.
Il vit, il ne vit plus, la grosière matière
Disparut devant lui; la voluptueuse terre
Déploya ses beautés, il vit, il ne vit pas,
Il vit, considéra , méprisa ses appas.
Il crut, il espéra, sa superbe pensée
Se posa grande et forte, de l'idole adorée
Il dédaigna la gloire, il méprisa la mort,
D'une vie malheureuse, elle fut l'heureux port.
L'humanité alors défia la tyrannie ,
Elle vit couler son sang et conserva sa vie.
Sa vie était sa foi , était son espérance.
O sublime trésor, invincible puissance !
En vain la cruauté immolait ses enfants ,
Un sang toujours entier circulait dans ses flancs.

Enfin, elle triompha, la fureur acharnée,
Vit s'échapper le glaive de la main fatiguée,
Elle vivait toujours... Elle vit ses légions
Qui s'étaient augmentées.... De nombreuses nations
Avaient choisi la foi. Enfin, victorieuse,
Elle put achever sa conquête glorieuse.
Tu as cru ma Pologne, ton trésor, c'est ta foi,
C'est aussi les pontifes des temples qu'à ta loi,
Ont construit tes ancêtres. Espère donc, espère,
Espère, un temps viendra, crois-le, tu pourra être
Ce qu'autrefois tu fus. Mon Français belliqueux
Espère comme toi, pour toi il fait des vœux.
Fais, ma Pologne, au ciel une ardente prière
Tu seras exaucée, car ta foi lui est chère.

FIN DE L'ESPÉRANCE.

PRIERE.

—

Seigneur, j'ai vingt fois servi sous tes drapeaux,
Pour l'honneur de ton nom, j'ai de mille travaux
Supporté les fatigues. C'est moi qui t'en conjure,
Exauce ma prière; ma pensée toujours pure
Ne songe qu'à ta gloire, dois-je encore espérer?
Puisqu'il est des vertus, dois-je les respecter?
J'ai ouï dire, ô mon Dieu, que tu étais mon père
Et même j'ai ouï dire, que tu étais ma mère.
Le croirai-je, Seigneur; mais je suis dans les fers
Mon front est humilié aux yeux de l'univers.
Cette main, qui cent fois combattit pour ta gloire,
Qui défendit tes temples, conserva ta mémoire,
Elle est chargée de chaînes. Tu aimes tes enfants,
Et tu les laisses en proie aux tigres dévorants.
A l'Europe attaquée j'ai servi de barrières,
Par moi seul elle put conserver ses frontières;
De la nation sainte j'ai sauvé les autels,
Tu me dois la splendeur de tes jours solennels,
Et toi tu m'abandonnes! mon âme consternée
N'offre que des douleurs à ma triste pensée;
J'obéis en tremblant au fils des potentats
Dont le trône épouvante nos innocents climats.

Tout tremble à son approche, les temples dépouillés,
Les pontifes en alarmes, les ministres sacrés
Chassés de leur retraite. Tout porte, jusqu'aux astres
La triste nouvelle de nos affreux désastres.
O Dieu, je t'en coujure, que je respire encor.
J'ai de ta sainte loi conservé le trésor.
Sauve ma liberté, qu'au sein de mes cités
Je puisse voir encore, de mes rois exilés,
Les augustes enfants. Que mes fils invincibles
Puissent arrêter encore les efforts homicides
De ton ennemi cruel; digne de leurs aïeux,
Ils vaincrent pour ta gloire, divin maître des cieux.
J'ai prié, sois béni. L'écho de mes montagnes,
A mes vastes cités, à mes riches campagnes,
Annonce l'espérance ; j'ai de dignes amis
Chez une grande nation; à mes durs ennemis,
Elle annonce la guerre, et déjà sur leur tête
Je vois avec bonheur se former la tempête ;
Son prince généreux médite dans son cœur
Les vœux que tout son peuple fait pour notre bonheur
Le ciel nous le conserve ; sa sévère sagesse
Abandonnera les rênes à la bouillante ivresse.
Et mes peuples heureux dans leurs temples sacrés
Béniront la puissance du Seigneur des armées.

FIN DE LA PRIERE.

TABLE.

FIN DE LA TABLE.